KB202664

창가에 두고 간 편지

머리말.

답답한 일상 속 작은 안식.

마음먹은 대로 잘되지 않는 현실 속
아등바등하고 있는 당신과 나를 위한
짤막한 글의 모음.

채찍질보다 위로를 위한 노트.

삐뚤빼뚤 악필로 전하는
정제되지 않은 마음속 이야기.

오늘도 안녕하신가요?

시인 ㅎ 올림.

작가의 말.

시작하기 전, 제 이야기를 한 번 해볼까 해요.

저는 글을 쓰는 사람도,
누군가의 감정에 공감을 그리 잘하는 사람도
아니에요.

단지,
평소와 같이
인생이 무의미하다고 느껴졌던 날.

무의식적으로 걸었던 산책길.
그 옆의 작은 카페에서.
읽었던 어떤 책.

그 책 덕분에
놓치고 살았던 꿈을 찾게 된

한없이 부족하고 모자란 사람이죠.

이 원동력이 얼마나 저를 이끌어줄지는
아직 저도 확신할 수 없어요.

그렇지만 중요한 것은
어제의 나보다 오늘의 내가 더 행복하다는 것.
그리고 내일의 나는 오늘의 나보다 더 찬란할 거라는 것.

당신도 지금 무엇을 해야 할지 모르고
인생이라는 강한 파도 속에서 헤매고 있다면

잠깐 모든 걸 놓고 정처없이 걸어봐요.

당신에게도 작은 카페가 나타날지
누가 알겠어요.

제 1장
위로의 말

내려놓기

당신이 항상 최고일 필요는 없어요.
최고라는 그 단어가 당신의 가슴을 조인다면
잠시 내려놔도 좋아요.

이름 모를 책방에서
이름 모를 누군가에게 위로를 받고 힘을 냈듯,

저에게도 위로할 기회가 주어진다면.

기꺼이 펜을 움직여 꼭 안아드릴게요.

오늘도 열심히 살아온 당신을 위하여.

모든 아픔을 혼자 끌어안지 말길

당신의 속마음을
누구에게도 털어놓을 수 없다,
생각한 적이 있다면,

그건
당신의 아픔을 보여주는 것이
부끄러웠기 때문이겠지요.

당신의 아픔,
조금은 나눠주어도 괜찮아요.

오랜 시간 당신이 곁에 둔 사람이라면,

생각보다 훨씬 더
성숙한 사람일 테니.

늦은 시간, 지하철에서

늦은 시간, 지친 사람들, 고요한 지하철 안.
문득 생각이 나 펜을 꺼냈습니다.

오늘도 안녕하셨나요?

너무 힘든 날이었고,
너무 고된 날은 아니었는지요.

minbae

철취선

서투름

이번 생은 처음이기에,

잘 해보려 노력해도
잘 되지 않을 때가 많을 거에요.

서툴러도 괜찮아요.

언젠간
잘 할 수 있을 거라,
저는 믿어요.

흔들의자

흔들린다는 게
반드시 부정적인 것만은 아님을 깨달아요.

굳지 않아도
자그맣고 규칙적인 흔들림이
지친 마음을
달래줄 때도 있으니.

그러니,
흔들림을
너무 미워하지 말아요.

독

힘들 때는
오히려
티를 내지 않네요.

약해 빠져 보일까 봐
착해 빠져 보일까 봐

그게 독인지
중독된 것인지.

습관처럼
혼자 삼키는 게
미련해 보일 수도.

파도

큰 파도가 당신을
휘몰아 덮칠 때면

파도 속에 갇혀
숨쉬기 힘들어지지 않도록

크게 숨을 들이마시고
당당히 맞서길.

한번 왔다 사라질 거라 착각 말고,
영원히 머물 거라 걱정 말고,

큰 파도 뒤에 올 잔잔한 물결을
그 물결 뒤에 다시 올 큰 파도를
의연히 받아들이길.

minbae

결하신

위로랍시고

이미
젖 먹던 힘까지 짜낸 당신에게
더 이상
힘이 남아있지 않은 당신에게

위로랍시고

힘내라고
감히 말씀드릴 수가 없네요.

그 말이 얼마나 잔인한 말인지
알고 있으니까.

책임

그 자그마한 손으로
얼마나 많은 것을 쥐었길래.

움켜쥔 주먹 속에
도대체 무엇이 들어있길래.

손이 그토록 부르틀 때까지
놓지 못했나요.

꾸밈없는 말

뛰어난 말솜씨를 가지지 않길.

그럴듯한 말로 당신을 포장하지 말길.

꾸밈없는 말로
당신을 표현하길.

척 (의존명사_그럴듯하게 꾸미는 거짓 태도나 모양.)

다른 누군가에게
좋은 사람이 되기 위해
당신 스스로를 숨긴 적 있으신가요?

척 하는 건 그 누구나 할 수 있지만,

당신은
당신일 때
가장 빛난다는 것.

그 사실만큼은
잊지 않으셨으면 좋겠습니다.

철러 신

투정

오늘 하루 힘들었다고
조금은 징징댔으면 좋겠건만.

무거운 짐을 왜 그리 혼자서
짊어지고 가시려는지.

미련하게도.

부끄러운 시인의 노래

제가 뭐라고 감히
당신의 감정을 헤아릴 수 있겠습니까.

제가 뭐라고 감히
당신의 마음을 노래할 수 있겠습니까.

그냥 지금처럼
저는 제 노래를 할 테니,

그 속에서 당신은 위로를 받길.

홀로

내가 더 힘들까,
힘들다 말도 못 한 당신은
어두운 구석에서 홀로
눈물을 삼켰네.

그저 아주 짧은 위로의
말만으로도
눈물을 왈칵 쏟아내던
당신은.

얼마나 힘들었을까.

혼자서 얼마나 큰 슬픔을
견뎌온 걸까.

무드등

당신의 밤을 안아주고 싶어요.

너무 밝지 않게,
은은하게,
딱 적당하게.

그만큼만.

절취선

짜리

만점이 아니어도 괜찮아요.

당신은 충분히 만점짜리
인생을 살고 있으니.

그러니,
너무 옭아매지 말아요.

잘못을 마주하기

최선을 다했음에도 문제가 생긴 거라면,

당당하게
잘못을 마주하고
인정하기

그리고
주눅 들지 않기

오뚝이

늘 다짐했듯

흔들리고 넘어지더라도

오뚝이처럼 다시 일어서길.

복잡한 도시를 살아가는 법

세상은 공평하지 않고,
사람은 동일하지 않아.

어느 누군가는
생각을 고스란히 적어두는 방법으로,
어느 누군가는
다른 자극을 통해 잊어버리는 방법으로,

또 다른 어느 누군가는.

이 짧은 문장 하나가
단 한 사람에게만이라도
복잡한 도시를 살아갈 힘이 된다면

그저 그런 계기라도 될 수 있다면.

minbae

햇살

볼 끝을 간지르는 햇살에
스르륵 잠에서 깼어요.

지난날의 걱정은
지난밤에 두고 왔어요.

걱정을 한다고 걱정이 사라지는 건 아니니까.

민들레 홀씨

민들레를 하나 꺾어들어
당신이 있는 방향으로
조심스레 불어봅니다.

멀리 못가 떨어질 것을 알지만,
이 작은 홀씨 하나가
바람을 타고 멀리멀리 날아가

당신의 어깨에 닿지 않을까
혹시나 하는 마음에.

무거운 어깨를 털어줄 수 있지 않을까
혹시나 하는 마음에.

어둠이 눈 앞을 가릴지라도

당신은 항상 밝게 빛날 줄 알았는데,
항상 환한 미소 지어줄 줄 알았는데,

오늘은 그림자가 졌네요.

무더운 여름 오후, 반쪽짜리 그늘 아래에 서서
햇볕을 피했던 것처럼.

잠시 쉬어간다 생각하길.

어둠이 당신의 눈 앞을 가릴지라도.

오늘 밤도

별이 차가운 밤공기를 흔드네요.

흔들리는 마음을 그 위에 태워보내요.

당신의 오늘 밤은 무탈히 지나갔으면.

이 마음이 당신의 창가에
무사히 도착하길 바랄게요.

minbae

슬픔이 행복을 이기지 않기를

오늘 하루도

당신의 행복어
슬픔에게 지지 않기를.

이곳에 앉아
힘들었던 어제를 위로하기를.
찬란한 내일을 그려보기를.

오늘 하루는
더할 나위 없이 행복하기를.

선물

서늘한 바람이
가슴 깊숙이 들어와.
답답했던 숨을 몰아냅니다.

더운 여름날을
힘겹게 견뎌왔을 당신에게

더 이상
답답하지 말라고.
그만큼 버텼으면 됐다고.

계절이 주는
위로

선물이겠죠.

살을 에는 바람은

괜찮다라는 그 짤막한 말조차
입 밖으로 꺼내기 어려웠음을
알고 있습니다.

당신의 오늘이
그렇게 순탄치 않았었음을
누군가는 알아봐주길.

살을 에는 바람은
미련하게 버티지 말고
흘려보내길.

바랄게요.

별

밤거리를 걸으며
별을 셌죠.

무수히 많아
하나씩 세다가 포기했었죠.

그제야
반짝이는 밤하늘이 보이더군요.

minbae

믿음

내가 나를 안 믿는데
누가 나를 믿겠어.

안부

짧아도 좋으니
당신의 목소리를 들을 수 있다면.

모진 바람이 당신을 아프게 할까,
차가워진 밤공기가 당신을 외롭게 할까.

걱정을 고이 접어 숨겨둘 수 있을 텐데.

단단

떠나감에 미련 갖지 말고,
다가옴에 두려움 갖지 말길.

단단해지고,
유연해지길.

새롭게

하얗게 내린 눈이
누군가에게 밟히더라도,

그 발자국이 깊게 패어
지울 수 없어 보이더라도,

눈은 녹고
다시 새로운 눈으로 도화지를 만들듯.

당신의 시작은 눈처럼 하얬으면.

가리다

밤길, 외롭지 않게 함께 걸어주던
밝게 빛나던 저 달이

일년 반 만에 어두워졌고,
팔십오분 만에 밝아졌대요.

당신의 그림자도
팔십오분의 짧은 월식처럼
금방 지나갔으면.
다시 일년 반 동안
더 밝게 빛났으면.

좁은 틈 사이로

당신의 삶이
힘들고 지쳐도

마음의 문을
완전히 닫지 말고,
살짝만 열어두길.

그 사이로 몰래 들어가
당신을 위로해 줄 수 있게.

어떻게 오늘 하루도

어떻게 오늘 하루도
만족스런 삶이었나요.

평안한 하루를 보내셨나요.

묻고 싶은 것들이 많지만
너무 바빠 보이시기에.

이만 줄이도록 하겠습니다.

잘 지내셨다니 다행이에요.

고마워요.

긴긴밤

차가운 바람에
코끝이 찡해지는 계절이 다시 돌아왔네요.

해는 점점 뉘이고
낮은 점점 짧아지겠지만,

괜찮아요.
당신의 밤은 그보다 더 빛날 테니.

밤바람이 당신을 춥게 만들지 않길.
간절히 빌어볼게요.

minbae

애써

걱정하는 사람들을 위해
잘 지내지 못해도
잘 지내고 있다고
애써 웃으며 말한 적이 있나요.

목소리만 들어도
잘 지내지 못하다는 걸
알았지만.

속마음을 들켜버리면
당신이 더 힘들어질까
애써 모른 척 했었다는 사실을.

알고 계실까요.

하늘을 본다는 것

누군가는
하늘의 아름다움을 보기 위해,
누군가는
하늘의 무심함을 원망하기 위해.

당신은 전자였으면.

부귀영화

무슨 부귀영화를 누리겠다고
이렇게 아등바등 사는지.

누가 알아봐 준다고
그렇게 희생하며 사는지.

멈춤

나른한 햇살 아래 세상이 잠시 멈춘 듯.

오늘 하루는
급한 것 없이.

한강에 앉아,
젊음이 부르는 노래를 들으면서,
그간 시간이 없어 미뤄두었던
바느질을 하며.

그냥 시간을 보냈어요.

멈추는 것도 몇 번 해보니 두렵지 않네요.

minbae

이기적

당신이 조금만 더 이기적이었으면.

남들의 말에 조금은
귀를 닫고, 눈을 감고

당신의 이야기로 당신을 그려나갔으면.

가을을 탄다는 건

시간은 기다려주지 않고
후회는 지나간 날들을 돌아보게 하네요.

가을을 탄다는 건
그만큼 열심히 살았고,
더 잘해내지 못해 자책하는 당신의 열정에 대한
반증이겠죠.

걱정 말아요.

낙엽이 떨어지고 모든 게 끝이 난 것 같아 보여도
금방 곧 다시 태어날 테니까요.

질타

열심히 살았니?
최선을 다한 거야?
더 잘할 순 없었어?

그럼 됐어. 그거면 된 거야.

당당해도 돼.

겨울비

항상 밝은 모습만 보여주던 당신이
갑자기 울음을 터뜨려버렸다.

당신의 눈물은
바닥에 떨어지고,
내 세상을 적셨다.

당신이 그토록 서럽게 우는 까닭에
나는 당신을 그저 바라보는 것 외에는
아무것도 할 수 없었다.

나는 당신이 더 이상 울지 않았으면
좋겠다.

절취선

숨소리

감정이 요동치는 날에는
모든 생각을 내려놓고
내면의 숨소리에 귀를 기울이길.

생각이 많아지면
생각을 할 수 없기에.

가빠진 호흡이 들려주는
세상 가장 솔직한 감정을
당신 스스로가 알게 하길.

잠시만 내려놓고
그 자리에 가만히 멈춰서길.

위로의 가치

방황하는 저에게
언젠가 누군가가
이런 이야기를 해준 적이 있어요.

내일은 꼭

일어나서 멀끔하게 샤워를 하고
옷장에서 가장 멋진 옷을 꺼내 입고
밖에 나가 돌아다니라고.

내면의 감정에 동요되지 않도록.

수고했다

가끔은 '잘했다' 라는 말보다
'수고했다' 라는 말이
더 듣고 싶을 때가 있죠.

원하는 결과가 나오지 않아도,
당신은 충분히 노력했을 테니.

늘 자신에게만 엄해서
'수고했다, 그 정도면 충분하다'
말하지 못한
당신을 위해

대신 제가 감히 말씀드려도 될까요?

당신, 오늘도 수고 많았어요.

제 2장
마음의 말

부재

꿋꿋하게

안녕히

계신가요.

향기

사람마다 본인만이 풍기는 향기가 있다고 합니다.
당신의 향기를 언어로 표현하자면
가을의 낙엽향 정도가 되지 않을까 싶습니다.

먼발치서 다가오는 당신의 향기에
오늘도 설렙니다.

꽃 한줌

그냥 문득 당신 생각이 나
이 감정을 어떻게 전할까 고민하다,

당신과 닮은
활짝 핀 꽃을 한 줌 가득 꺾었습니다.

소중히 쥐고 당신에게 가는 이 길이
얼마나 떨리는지 모를 겁니다.

제가 쥐고 있는 것이
활짝 핀 꽃인지
활짝 웃는 당신에 대한 마음인지

부디 시들지 않았으면 좋겠습니다.

minbae

일상

집으로 돌아가는
버스 창문에 머리를 기대고
눈을 감아봅니다.

익숙한 내음과
익숙한 소리와
익숙한 온도가

문득 낯설게만 느껴집니다.

일상을 잃어버린 것은 아닌지
걱정을 하다
바닥을 내려다봅니다.

오랜만입니다.

감속

더운 숨은
하늘로 사라지고

차가운 공기 속
그대 살아질 때.

다시금 진정이 된 듯이,

시간은 한 발짝 두 발짝
조심스레 걸음을 걷는다.

고목나무

당신에게 내가 가장 믿음직한 존재였다면.

고목나무처럼
두 다리 땅속 깊숙이 박고
그저 가만히 그곳에 있어,

언제든지 내게 찾아와

마음속 깊은 말
꾸밈없이 숨김없이
이야기해 줄 수 있는

그런 존재였다면.

잠깐

잠깐이라는 말.

누군가에겐 찰나의 짧은 순간으로,
누군가에겐 영원의 시간으로.

짧게라도 좋으니
일상을 공유하고,

잠깐이라도 좋으니
보고 싶어 하는

그 마음을 알기나 할까요.

minbae

절취선

전화번호

오랜만에 가장 사랑하는 사람에게
전화를 걸었어요.

아 물론,
연락처에 들어가 전화번호를 선택하지 않고
010 부터 직접 손으로 눌러서요.

문득 이런 생각이 들더라구요.

이 사람, 내 기억의 일부가 되어있구나.

늦어도 좋으니

늦어도 좋으니
연락 한 번이라도 해줬으면.

당신 바쁘게 일하시는데 방해될까,
편안한 휴식을 망치는 건 아닐까,

걱정되는 마음에
먼저 연락하지 못하는
이 마음을 당신이 좀 알아줬으면.

적당히

혹여나 당신 부담스러울까,
뜨거운 가슴, 찬물로 식혔다.

혹여나 당신 무서워할까,
차가운 말투, 속으로 삼켰다.

꽃샘추위

당신의 손을 잡고
익숙했던 동네를 떠나왔지만,

그만 당신의 손을 놓친
길 잃은 어린아이는
그 거리에 서서 한참을 울었습니다.

그러다 허겁지겁
옷소매로 눈을 비벼닦고

당신이 있었던 동네
그곳으로
하릴없이 걸었습니다.

혹여나 그곳에 당신 있을까 봐.

minbae

습기

오늘 밤은 마치
이미 꿈속에 있는 듯,

한 치 앞이 보이지 않아,

자리에 주저앉아
당신이 올 때까지
안개가 걷히기만을 기다렸어요.

집으로 가는 길

지친 발걸음을 힘겹게 옮겨
집으로 가던 때.

나는 왜 이럴까, 나만 왜 이럴까.

한숨이 자꾸 발걸음을 뒤쫓아와,
눈물을 누르려 올려다 본 저 밤하늘은

여전히 나를 안아주고 있네.

어린아이

다시 어린아이가 되고 싶어.

당신의 품에 안겨
힘들 땐 힘들다고 서럽게 울고 싶어.

어른이 된다는 게
이토록 힘든 일인 줄 알았다면
어른이 되지 말걸 그랬어.

천장

힘이 들어 고개를 들었는데
보이는 건 딱딱한 천장뿐이고,

속이 답답해 크게 숨을 쉬었는데
남들에겐 그저 한숨소리로 들리네요.

minbae

달력

빽빽이 할 일들이 적혀있는
달력을 꺼내 지우개로
빡빡 지웠습니다.

너무 몰아붙이면 또다시 도망갈까 봐.

일단은 살아야 하니까.

여우비

하늘도 무심하시지.

왜 나한테는 이런 시련들만 주시는 걸까.

지금 버티는 것만으로도 충분히 힘든데.

악착같이

제 마지막 순간에

악착같이 살아왔구나.
그간 고생 많았다.
이제 편히 쉬거라.

라고 해주신다면

억겁의 시간이 지나
다시 당신을 찾아갈 텐데.

터널

길고 긴 터널을 홀로 터덜터덜
걸어간 적이 있어요.

다리는 점점 풀리고
눈 앞이 캄캄한 것이

제가 터널 안이라 그런 건지
제가 눈을 감아 그런 건지
알 수 없을 때가 있었죠.

그 끝에 작은 빛이라도 있었더라면

내가 눈을 감은 게 아니구나.
어서 여기서 나가야겠다.
라고 생각했을 텐데.

minbae

돌아가는 길

왜 이리 외로운 계절에
어떻게 견뎌내라고
훌훌 떠나버렸습니까.

그대와 얼마나 먼 길을
함께 걸어왔는데
어떻게 혼자 다시 되돌아가라고.

왜 이리 추운 계절에
삼키며 떠나버렸습니까.

지독히도

어제는

지독히도 힘든 날이었다.

이를 꽉 물고 버티려 해도
새어 나오는 눈물을 막을 수가 없었다.

하늘을 올려보며 크게 숨을 내쉬었었다.

당신은 어떻게 이걸 버텼을까.

용서

제 삶이 각박하여
당신의 슬픔에 눈을 감고
당신의 울음에 귀를 막은

이기적인 제 모습을 용서해 주십시오.

현실에 지쳐
슬픔을 이겨내지 못하고
울음을 터뜨려버린

나약한 제 모습을 용서해 주십시오.

부디 이 고통도 끝나길.

오늘도 당신의
안녕을 빌어봅니다.

찰나

무한의 시간 중
단지 찰나의 순간이었다.

허나,
네가 머문 그 자리에는
너의 향기가 진하게 묻었구나.

minbae

계절

계절은 시간이 지남에 따라
변한다지만,

누군가는 새로운 계절에
설렘을 갖는다지만,

저는 이 계절에만 있겠습니다.

이 계절이 다시 돌아올 때마다
그 순간을 떠올리겠습니다.

축시

작고 하찮던 네가
공기보다도 가벼웠던 네가

너보다 수 배는 무거운
나를 흔들었다.

너의 몸짓 하나에 순간
심장은 멈추었고,

너의 소리 하나에 순간
세상이 멈추었다.

그러던 네가
너의 사명을 다 한 까닭인지
이젠 더 이상 끈을 잡을 이유가 없던 까닭인지

이유도 알려주지 않은 채
나의 손을 놓았구나.
너의 숨을 놓았구나.

너와 내가
함께 했던 이 공간에
이제 나만 남았구나.

고마웠다.
고생했다.
끝내 말 한마디 못해줬구나.

그간 작고 하찮은 몸으로
크고 과분한 행복을 주어
참으로 고마웠다.

부디 행복하거라.
잘 가거라.

멀었다

당신과 함께 했던
하루하루는
지독히도 눈이 부셨다.

빛이 바래,
힘이 다해,
작은 불씨만 남게 되었지만

그마저도 강렬하여 눈이 아팠다.

그 눈부신 자그마한 불꽃을 멍하게 바라보다
눈이 멀었다.

minbae

컬 취 선

그리운 날

당신이 사무치게 그리운 날이 있습니다.

참아보려고 해도 자꾸 기억을 비집고,
잊어보려고 해도 자꾸 추억을 끄집어내는.

당신을 위한다면
이러면 안 된다는 것을 잘 알지만,

저도 나약한 사람인지라.

당신이 사무치게 그리운 날에는
저 홀로 기억 속을 헤매며
추억의 조각을 찾고 있습니다.

그곳에서 당신은 잘 지내시는가요.

누구십니까

속에서 뜨거운 한숨이
자꾸만 나옵니다.

도대체 당신은 누구시길래,

기억 곳곳에 조각조각
숨어있습니까.

익숙함

요즘 어딜 가도
익숙한 곳이에요.

근데 왜 그 기억 속에
항상 당신이 있나요.

참 밉네요.

벌

수년간의 추억이
눈에 보이는 모든 공간, 모든 물건에
담겨있습니다.

기억을 지우려
추억을 잊으려
노력해 보았지만,

이따금씩 불쑥 찾아오는
거대한 바람이
저를 다시 그곳으로 밀어 넣습니다.

바르지 못했던 저에게
당신께서 주시는 벌이라면
기꺼이 달게 받겠습니다.

minbae

한탄

하루하루 버텨보려 발버둥 쳤는데,
왜 이리 가혹한가요.

마치 어디까지 버티나
시험하시는 것만 같아,
당신이 참 원망스럽습니다.

많은 사람들을 신경 쓰느라,
제가 보이지 않으시는 건지.

아니면 보지 않으려 하시는 건지.

하고싶은 말

언젠가 당신을 만나게 된다면

당신의 눈을 바라보고
꼭 말할 거에요.

당신이 생각한 만큼 내가 그리 큰 사람은 아니었다고.
조금만 봐주지 왜 그렇게 야박했냐고.

나 너무 힘들었다고.

추억에 담겠습니다

잊혀지는 게 기억이라지만
그런 게 기억이라면,

당신은 추억에 담겠습니다.

모래바람

모래바람이 나를 삼켰다.

눈을 뜰 수도 숨을 쉴 수도 없는
인고의 시간이 나를 둘러싸고.

너의 잘못이다, 너의 불찰이다,
끝없이 나를 탓했다.

바람이 조금씩 잦아들어
이제 겨우 눈을 떠보려 노력하였지만,
다시금 더 세차게 불어와.

또 한 번 그 시간 속에 갇혔다.

minbae

망각

화를 낸다고
화가 사라진다면
얼마나 좋을까요.

눈물을 흘린다고
눈물이 말라버린다면
얼마나 좋을까요.

그러니
그냥
잊어버릴게요.

까짓거 잊고 다시 시작해 보죠.

늦잠

오늘은 일어나기 싫어
늦게까지 침대에 기대 있었어요.

아무 걱정 없이
그저 멍하니.

이제 일어나 봐야죠.

보고싶었어

당신을 다시 한번 만나면
꼭 해주고 싶었던 말이 있었어.

꿈

어젯밤 깊은 꿈속에 네가 나왔다.

아주 멀리 사라진 네가
환한 웃음으로
나를 반겼다.

단 한 번도 찾아오지 않던
네가 미웠는데.

꿈에서라도 보니 좋구나.
꿈속의 너는 밝구나.

그럼 됐다. 이제 됐다.

minbae

재회

참 오래 걸렸죠
다시 돌아오기까지.

그동안 하고 싶은 말 참 많았는데

그저 당신을 빤히
바라보는 것 밖에 할 수가 없네요.

오랜만이에요.

보니까 좋네요.

완벽한 하루

오늘은 더할 나위 없이
완벽한 하루였길.

아무 걱정 없이 아무 근심 없이
잘 지냈길.

간독

손을 뻗어도 잡히지 않았던 처음과
포근한 품으로 나를 안았던 끝
넌 내게 구름이었나 보다.

한강

한때는 세상이 너무 미워
찾아갔던 그곳이,

지금은 나를 웃게 만든다.

내 옆의 당신은 무슨 생각을 하고 있을까.

minbae

창가에 두고 간 편지

창가에 두고 간 편지

ⓒ 히웅, 2025

초판 1쇄 발행 2025년 03월 18일

글	히웅 @poet_haaa
사진	민배 @ph_hye_
본문편집	히웅, 민배

펴낸이	이기봉
표지편집	좋은땅 편집팀
펴낸곳	도서출판 좋은땅
주소	서울특별시 마포구 양화로12길 26 지월드빌딩 (서교동 395-7)
전화	02) 374-8616~7
팩스	02) 374-8614
이메일	gworldbook@naver.com
홈페이지	www.g-world.co.kr

ISBN   979-11-388-4071-2 (03810)